100일의 기록

삶에서 향기가 퍼지는 시간

나는
미처
몰랐네
그대가
나였다는
것을

필사노트

차례

1장 그대가 나였음을

2장 하나의 풀이었으면

3장 내 마음의 맑은 향기

4장 문명의 막다른 골목에서

1장

그대가 나였음을

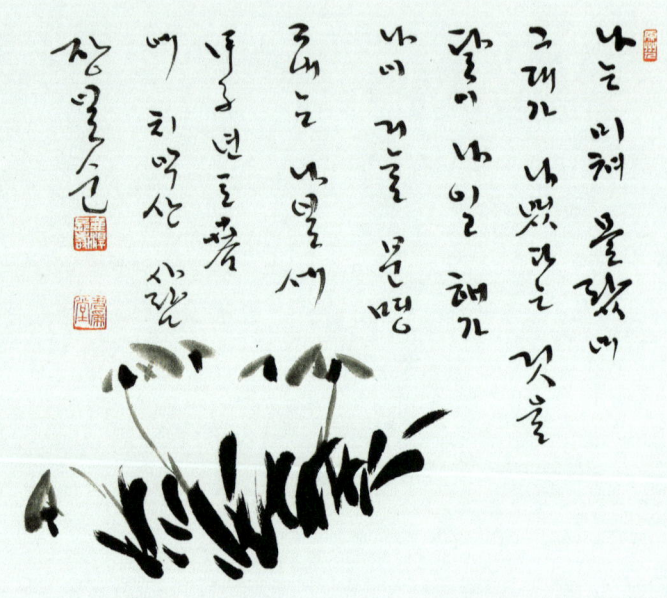

나는 미처 몰랐네 그대가 나였다는 것을
달이 나이고 해가 나이거늘 분명 그대는 나일세

너를 보고 나는 부끄러웠네

밖에서 사람을 만나 술도 마시고 이야기도 하다가
집으로 돌아올 때는 꼭 강가로 난 방축 길을 걸어서 돌아옵니다.
혼자 걸어오면서 '이 못난 나를 사람들이 많이 사랑해 주시는구나.'
하는 생각에 감사하는 마음이 듭니다.
또 '오늘 내가 허튼소리를 많이 했구나.
오만도 아니고 이건 뭐 망언에 지나지 않는 얘기를 했구나.'
하고 반성도 합니다.
문득 발밑의 풀들을 보게 되지요.
사람들에게 밟혀서 구멍이 나고 흙이 묻어 있건만
그 풀들은 대지에 뿌리내리고 밤낮으로 의연한 모습으로
해와 달을 맞이한단 말이에요.
그 길가의 모든 잡초들이 내 스승이요 벗이 되는 순간이죠.
나 자신은 건전하게 대지 위에 뿌리박고 있지 못하면서
그런 얘기들을 했다는 생각에 참으로 부끄러워집니다.

고백

우선 자신이 잘못 살아온 것에 대해 반성하는
고백의 시대가 되어야 합니다.
넘어진 얘기, 부끄러운 얘기를 하자는 겁니다.
실수하고, 또 욕심 부린 얘기,
그래서 감추고 싶은 얘기를 고백하며 가자는 거지요.

지금은 삶이 뭐냐,
생명이 뭐냐 하는 것을 헤아려야 하는 시기입니다.
뭘 더 갖고, 꾸며야 되느냐에 몰두하는 시대는
이미 절정을 넘어섰어요.
글 쓰는 사람들이 가급적이면
고백의 글을 많이 써 줬으면 좋겠어요.

밥 한 그릇

해월 선생이 일찍이 말씀하셨어요.

밥 한 그릇을 알게 되면

세상만사를 다 알게 된다고.

밥 한 그릇이 만들어지려면

거기에 온 우주가 참여해야 한다고.

우주 만물 가운데 어느 것 하나가 빠져도

밥 한 그릇이 만들어질 수 없어요.

밥 한 그릇이 곧 우주라는 얘기지요.

하늘과 땅과 사람이

서로 힘을 합하지 않으면 생겨날 수 없으니

밥 알 하나, 티끌 하나에도

대우주의 생명이 깃들어 있는 거지요.

출세

요즘 출세 좋아하는데

어머니 뱃속에서 나온 것이 바로 출세지요.

나, 이거 하나가 있기 위해

태양과 물, 나무와 풀 한 포기까지

이 지구 아니 우주 전체가 있어야 돼요.

어느 하나가 빠져도 안 돼요.

그러니 그대나 나나 얼마나 엄청난 존재인 거예요.

향기

남들이 알아주지 않더라도 맡은 일을 열심히 하다 보면

향기는 절로 퍼져 나가게 되어 있어요.

그래서 찾아다닐 필요가 없어요.

있는 자리에서 최선을 다하되

바라는 것 없이 그 일을 하고 가는 것이지요.

그 길밖에 없어요.

수행

어려움에 처했을 때는
'아, 수행하라는가 보다.' 생각하고
자신의 삶을 돌아보는 게 좋아요.
그것이 바닥을 기어서 천 리를 가는 것입니다.
납작 엎드려서 겨울을 나는 보리나 밀처럼
한 세월 자신을 허물고 닦고 가다 보면
언젠가 봄날은 옵니다.

실패

자꾸 떨어져도 괜찮아요.

떨어져야 배워요.

댓바람에 붙어 버리면 좋을 듯싶지만

떨어지면서 깊어지고

또 자신을 돌아볼 수 있는 법이에요.

남 아픈 줄도 알게 되고.

부활

살다 보면 넘어지거나 엎어질 때가 있어요.

누구나 다 그래요.

그때는 자기 스스로의 힘으로 일어나야 돼요.

몇 번이라도 다시 일어나야 돼요.

끊임없이 일어나야 되는데

그것이 말하자면 부활이에요.

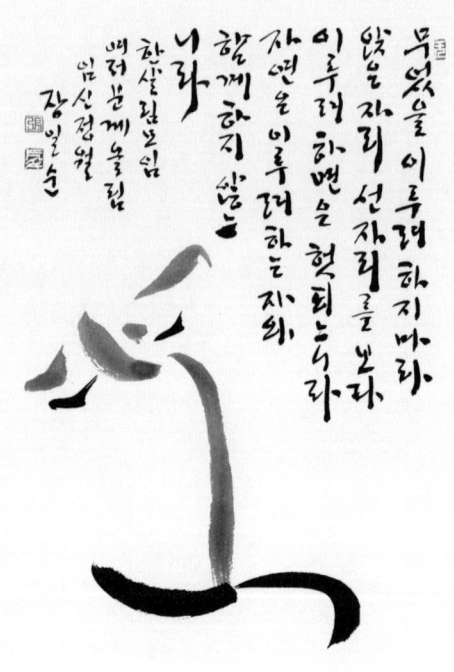

무엇을 이루려 하지 마라

앉은 자리 선 자리를 보라

이루려 하면은 헛되느니라

자연은 이루려 하는 자와

함께하지 않느니라

날짜   /   /

누가 하느님?

거지에게는 행인이

장사꾼에게는 손님이 하느님이다.

그런 줄 알고 손님을 하느님처럼 잘 모셔야 한다.

누가 당신에게 밥을 주고 입을 옷을 주는지 잘 봐야 한다.

학교 선생님에게는 누가 하느님인가? 그렇다, 학생이다.

공무원에게는 누가 하느님인가? 지역 주민이다.

대통령에게는 국민이 하느님이고

신부나 목사에게는 신도가 하느님이다.

똥물

친구가 똥물에 빠져 있을 때

우리는 바깥에 선 채 욕을 하거나 비난의 말을 하기 쉽습니다.

대개 다 그렇게 하며 살고 있어요.

그럴 때 우리는 같이 똥물에 들어가서

'여기는 냄새가 나니 나가서 이야기하는 게 어떻겠느냐.'고

말해야 합니다.

그러면 친구도 알아듣습니다.

바깥에 서서 입으로만 나오라 하면 안 나옵니다.

도둑

도둑을 만나면 도둑이 돼서 얘기를 나눠야 해요.

도둑은 절대 샌님 말은 안 들어요.

저 사람도 나와 같은 도둑이다 싶으면

그때부터 말문을 열기 시작한다 이 말이에요.

그때 도둑질을 하려면

없는 사람 것 한두 푼 훔치려 하지 말고

있는 사람 것을 털고

그것도 없는 사람과 나눠 쓰면 좋지 않겠냐고 하면

알아들어요.

부처님은 마흔네 개의 얼굴을 갖고 계시다는 말이 있는데

말하자면 이런 거지요.

'누구를 만나든 그 사람과 하나가 된다.'

이 말이에요

화해

화해는 우리의 일체의 권리와 조건들을

포기한다는 것을 의미해요.

그것은 또한 우리가 적대자들 가운데서

우리 자신들을 본다는 것을 뜻하기도 합니다.

왜냐하면 적대자는 무지함 가운데 있기 때문이며

우리 자신들 또한 많은 일들에 무지하기 때문입니다.

따라서 오로지 사랑이 넘치는 자비와

올바른 자각만이

우리를 자유롭게 할 수 있습니다.

우두머리

어머니라는 분이 왜 고맙습니까?

밥을 해 주시기 때문이지요.

똥오줌을 닦아 주시기 때문이지요.

청소를 해 주시기 때문이지요.

어머니라고 뻐기기 때문에 고마운 게 아니라는 말씀이에요.

대표 혹은 우두머리가 된다는 것은 어머니가 되는 거예요.

밥 주고, 옷 주고, 청소해 주고 해야 해요.

위에서 시키고 누리려고 해서는 안 된다 이 말이에요.

밑에 있는 사람들보다 더 아래에서 일을 해야 해요.

선행

착한 일을 하되

자신이 착한 일을 한다는 의식 없이 하는 것,

그게 '선행'이에요.

좋은 일을 했어도

그건 당연한 일이고 으레 해야 할 일이니까

거기에서 무슨 보답을 받겠다는

그런 계산이 없는 거지요.

만일

스스로 '내가 착한 일을 한다.'는 생각을 하면서 했다면

그건 '선행'이 아닌 거예요.

어떤 보답을 받기 위해서 선을 행한다면

그때는 그 선이 악으로 바뀌는 거예요.

17

화목

한집에 사는 두 사람이 화목하면
그들이 '산아 움직여라.' 하면
산이 움직인다.

한 집에 사는 두 사람이 화목하면
그들이 '산아 움직여라` 하면
산이 움직인다.

                    김 익록 따라쓰다.

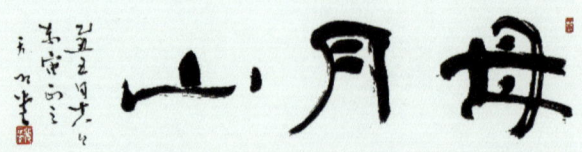

母月山^{모월산}
어머니 달 산(치악산을 무위당 선생은 이렇게 불렀다.)

어머니

어머니는 아주 슬기로우셨어요.
지금도 어머니 생각을 하면
어린 아이처럼 눈시울이 뜨거워져요.

영악스럽게 살지 말라고
그 다음에는 반드시 앙화가 온다고
그런 걸 어머니는 가르쳐 주셨어요.

19

상

누가 이런저런 일을 잘했다고 떠받들어 상賞을 주면

모두가 그렇게 하려고 한단 말이에요.

그렇지만 사람이란 태어날 때부터

잘하는 게 있으면 못하는 게 있고

또 그 중간치쯤 되는 사람도 있고

그래서 고루고루 강약이 하나로 돼 있고

우열이 하나로 돼 있고 그런 건데

이걸 한쪽으로 몰아 놓고 보면

모두가 그 '잘한다' 소리 듣는 놈처럼만 되려고 하거든.

그러면 미숙한 젊은이들이 다양하게 고르게 자라는 것을 막고

눈을 어둡게 만드는 꼴이 되고 말아요.

자연에는 경쟁이 없잖아요.

그런데 인간 세상에서 자꾸 잘난 것을 받들게 되면

저절로 다툼이 일어나게 마련이에요.

내세우지 말라

불쌍한 놈은 들어 올리고

힘센 놈은 좀 누르는 게

온전한 도리라고 생각해 왔지요?

그런데 그냥 그것으로 끝내야 하는 거예요.

그걸 가지고 내가 옳은 일 했느니

내가 잘했느니 하고 떠들면서 자기를 내세웠을 때에는

그걸 가지고자 하는 것이거든요.

2장

하나의 풀이었으면

21

함께 가는 길

깃발을 너무 앞세울 때는
함께 가는 사람 가운데 늦게 일어난다거나
일을 게으르게 하는 사람이 있으면 나무라기 쉬워요.
미워하는 마음이 일기 쉽다는 거예요.
그럴 때는 말이지,
따뜻한 마음을 갖고
어깨동무를 해서 일으켜 세워
같이 가는 마음이 중요해요.

또 그러다가 보면 일이 이뤄질 것 아녜요?
크든 작든 공이 생긴단 말이에요.
그때 그건 내가 잘해서 그렇게 됐다 하지 말고,
'같이 가는 사람들 공이다.'
이렇게 공을 남에게 넘기라는 거지요.

혁명

혁명이란 따뜻하게 보듬어 안는 것이에요.

혁명은 새로운 삶과 변화가 전제가 되어야 하지 않겠어요?

새로운 삶이란 폭력으로 상대를 없애는 게 아니고

닭이 병아리를 까내듯이

자신의 마음을 다 바쳐 하는 노력 속에서

비롯되는 것이잖아요?

새로운 삶은 보듬어 안는 '정성'이 없이는 안 되지요.

혁명이라는 것은 때리는 것이 아니라

어루만지는 것이에요.

아직 생명을 모르는 사람들 하고도 만나라 이거예요.

보듬어 안고 가자는 거지요.

그들도 언젠가는 알게 될 겁니다.

상대는 소중히 여겼을 때 변하는 거거든요.

23

행복

이렇게 미련한 나에게도
낮에는 하늘의 태양이 밝게 비추어 주시고
밤에는 달이 자정慈情의 빛을 주시며
땅은 필요한 만물을 제공해 주십니다.

이 못난 남편을 아내는 주야晝夜로 걱정하면서
건강하게 좋은 일 하기를 바랍니다.
내 자식 삼형제는 훌륭한 아비 되기를 항상 마음에 간직하고,
내 아우들은 이 무능한 형을 공경하며
세상의 많은 선배·후배·친지들은
건강하고 도통하여 세상 만민에게 많은 복을 베풀기를 바라니
나의 인생이 이 이상 더 행복하고 기쁠 수 있겠습니까?

하나의 풀이었으면 좋겠네

차라리 밟아도 좋고

짓밟아도 소리 없어

그 속에

그 속에 어쩌면 그렇게

싸우지 말고 모셔라

싸우고 가면 말이지
계속 고달픔을 줘요.
상대도 그걸 견뎌 내는
내성이 생긴단 말이에요.
그러니까 편안하게 해 줘야 낫는다고.

모시고 간다는 건
병을 편안하게 해 줌으로써
풀어 주는 거예요.
병하고 싸우면 말이지
병은 점점 기승을 부리거든요.

나라는 것은 찌꺼기일세

맑은 물같이 그렇게

옛날에 어데서 보니까

성서가 밑씻개가 되더군

역시 예수님이 사람 살리더군

옛날에 어데서 보니까
성서가 밑씻개가 되더군
역시 예수님이 사람 살리머군

                        김익록 따라씀

겸손한 마음

'불감위천하선不敢爲天下先이라.'

세상에서 다른 사람 앞에 서려고 하지 말라 이 말이에요.

남을 도와서 남이 앞에 서게 하라 이거예요.

남이 꽃피우게 하라 이 말이야.

이웃이 잘되게 하라 이 말이야.

겸손한 마음으로 섬기라 이 말이야.

이것을 노자가 얘기할 적에,

이것은 나의 보배다 이런 말씀을 했는데,

이게 다 예수님이 말씀한 얘기예요.

예수님 일상생활에서,

'나는 길이요.' 하신 그 길에서

다 말씀한 얘기예요.

조석으로 끼마다 상머리에 앉아

한울님의 큰 은혜에 감사하자

하늘과 땅과 일하는 만민과

부모에게 감사하자

이 모두가 살아가는 한 틀이요

한 뿌리요

한 몸이요

한울이니라

敬於食^{경어식}

敬於食경어식

밥을 공경하라

거룩한 밥상

이 물 한 컵, 밥 한 사발, 김치 한 보시기

이것은 제왕이나 다름이 없는 거룩한 밥상이란 말이에요.

그 자세, 그 깨달음이 없으면

언제나 남의 호화로운 것에 도취해가지고

최면 걸려서

오늘날의 문명 속에서 오는

매스컴을 통해서 오는 환각 때문에 맨날 겉돌게 돼요.

31

모든 이웃의 벗
崔보따리 선생님
을 기리며

해월, 겨레의 스승

이 땅에서 우리 겨레가 어떻게 살아가야 하고

또 온 세계 인류가 어떻게 살아가야 하는가를

정확하게 일러 주신 분이 해월이지요.

우리 겨레로서 가장 자주적으로 사는 길이 무엇이며

또 그 자주적인 것은 일체와 평등한 관계에 있어야 한다는 것을

그는 설명해 주셨지요.

눌리고 억압받던 이 한반도 100년의 역사 속에서

그 이상 거룩한 모범이 어디 있겠어요?

그래서 저는 해월에 대한 향심이 많지요.

물론 예수님이나 석가모니나 다 거룩한 모범이지만

해월 선생은 바로 우리 지척에서

삶의 가장 거룩한 모범을 보여 주고 가셨죠.

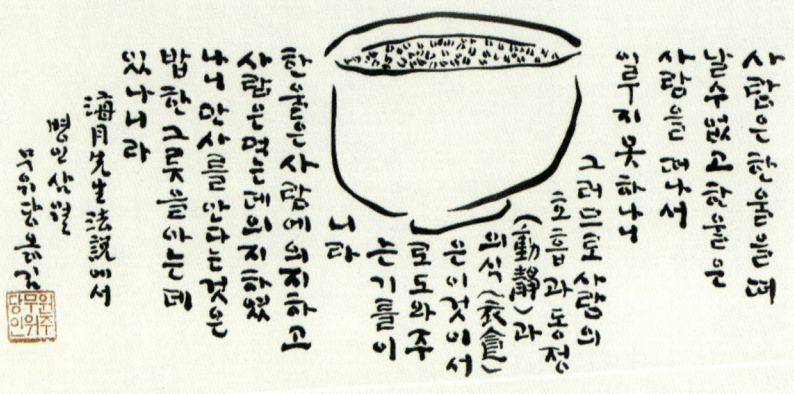

사람은 한울을 떠날 수 없고 한울은 사람을 떠나서 이루지 못하나니
그러므로 사람의 호흡과 동정과 의식은 이것이 서로 도와주는 기틀이니라.
한울은 사람에 의지하고 사람은 먹는 데 의지하였나니
만사를 안다는 것은 밥 한 그릇을 아는 데 있나니라

이천식천

지금 우리가 생각해야 할 것은 뭐냐.

저 집에는 뭐 갈비도 먹고 돼지도 먹고 하는데

우리는 일 년 내내 갈비도 못 먹고 돼지도 못 먹고 이게 뭐야,

그런 게 문제가 되는 게 아니다 이거야.

밥 한 사발에 우주를 영迎하는 거다,

하늘을 영하는 거다 이 말이에요.

'이천식천以天食天이라.'

'하늘이 하늘을 먹는다.'고 했어요.

그 풀 하나에

낟알 하나에 우주가 다 있는 거라.

34

상대를 변화시키며 함께

반생명적인 일체의 조건으로부터 벗어나야 해요.

그것은 주먹으로 상대를 때려눕히면서 하는 것이 아니라

상대를 변화시키는 운동으로

비협력으로 해야 돼요.

3·1만세에 민족의 자주와

거룩한 민족의 존재를 천명하는 속에서도

비협력과 비폭력이라고 하는 정신이 깃들어 있었어요.

그건 바로 동학의 정신이에요.

또 그 동학의 정신은 뭐냐.

아시아에 수천 년을 내려오는

유불선儒佛仙의 맥에서 온 거지요.

모든 종교가 이제는 자기 스스로 가지고 있던 아집我執의 담을 내리고

서로 만나면서 이 지구에 한 삶터, 한 가족, 한 몸, 한 생명

이것을 어떻게 풀어 갈 것이냐

하는 것을 서로 얘기해야 돼요.

일체 중생이 내 한 줄기 꽃 속에 깃들음을 알아야 하거늘

선과 악

길고 짧은 게 서로 다른 둘이 아니라

하나의 다른 모양이에요.

이건 선^善이다, 저건 악^惡이다 하고

우리가 분별을 하는데

도^道의 관점에서 보면

대립물의 자기 동일이 이루어지니까

그 분별이 고정돼서

이건 항상 선이고 저건 언제나 악이고

그럴 수는 없어요.

따라서 선이 선을 고집하고

나머지를 모두 악으로 몰아 버리면

바로 그 선이 악이 되는 거예요.

37

작은 먼지 하나에 우주가 있다

도^道라는 게 어디 따로 있는 게 아니에요.

'일미진중^{一微塵中}에 함시방^{含十方}이라.'

티끌 하나에 시방세계^{十方世界}가 들어 있다는 말을

불가에서 하는데,

우리가 세속이라고 말하는 바로 거기에

도가 들어 있단 말이에요.

예수님이 세속 죄인과 함께하시잖아요?

바로 거기가 천당이거든요.

천당이 어디 따로 있는 것이 아니라

바로 이 세속에 있는 거라.

해월 선생께서

'천지즉부모^{天地卽父母}요 부모즉천지^{父母卽天地}니,

천지부모^{天地父母}는 일체야^{一體也}라.' 하셨는데

지구와 하나 되는 것

우주와 하나 되는 것

천지만물과 하나 되는 것이 바로 그것이지요.

내가 없어야

석가가 말하기를
'천상천하天上天下에 유아독존唯我獨尊이라.'
하늘과 땅 사이에 내가 가장 존귀하다고 했는데
그 말이 젊어서 읽을 때는 교만한 말로 읽히더니
요즘 가만 생각해 보면
그보다 더 겸허한 말씀이 없더라고요.

예수님도 나는 하느님과 함께 있다고
아버지와 나는 둘이 아니라고
나는 아브라함 이전부터 있었노라고 그러셨는데
그 말씀 또한 더없이 겸허한 말씀이거든요.
왜냐하면
그분들에게는 한 점도 사私가 없었으니까요.
터럭만큼도 사가 없는데
어디 그 이상 겸허할 수가 있겠어요?

바람 바람 바람은 서 있는 놈이 없으면 바람도 아니야

하나

자애^{慈愛}와 무위^{無爲}는 삶에 있어서
하나의 표리^{表裏} 관계에 있다고 생각합니다.
자애라고 하는 것은
'나와 하나'라고 하는 그런 관계가 아니면
자애라고 이야기할 수가 없고
사랑이라고 할 수가 없어요.
그러니까 사랑의 관계에 있어서는
'너'와 '나'라는 관계가 아니라
'하나'라고 하는 관계
동체^{同體}라고 하는 관계
'무아^{無我}'의 관계지요.
무위라는 것은 그런 속에 있어서
하나의 행위 양식이라고 할 수 있어요.
무위는 계산법이 없으니까
'이렇게 하면 이로우니까'의 관계가 아니라는 거예요.

날짜   /   /

3장

내 마음의 맑은 향기

41

그 자리

도의 경지란

현상계에서 어떤 욕심을 버려야만

가 닿을 수 있는 곳이거든요.

날마다 버릴 때에 가 닿는다는 얘기지.

그래서 도는 '안다 모른다'에 속하지 않는 거 아니에요?

대^{大}와 소^{小}가 따로 없고

선^{善}과 악^{惡}이 따로 없으니까.

그런데 노자는 뭐냐 하면

모순 통일의 자리에서

모든 것을 들여다보라는 거예요.

그 '보는 자리'가 중요하거든요.

그 자리에서 세상만사를 들여다보시는 분을 가리켜

수운이나 해월은 '한울님'이라 했고

예수는 '아버지'라고 했어요.

그러니까 언제나 구체적으로 무슨 일을 하다가도

그 자리로 돌아가라는 거예요.

관계

물을 나눌 수 있습니까?

이 세상에 물을 나눌 수 있어요? 없지요.

우리가 물 마실 때나

이렇게 저렇게 물 있는 데를 찾아다닐 때 보면

나누어져 있는 것 같은데

그 물은 나누어져 있는 게 아니다 이 말이에요.

물 한 방울이 바다에 가고 하늘에 가고 다 간다 말이에요.

또 이 지구를 우리가 나눌 수 있어요?

그것은 인간들이 만드는 소유의 역사에서나 나눌 수 있는 거지,

땅은 나눌 수 없다 이 말이에요.

지구는 하나!

또 공기를 나눌 수 있습니까?

공기까지 나누는 판이 된다고 할 적엔 이건 다 가는 거라.

다 '하나'라 이 말이에요.

다 하나인 그 속에서 이야기할 때

인간관계, 자연관계, 모든 관계가 바로 서지요.

43

산은 산, 물은 물

산은 산이요 물은 물이라는 말은,

이거다 저거다 헤아리지를 않는다는 얘기예요.

일체 만물이 나와 같은 뿌리요

나와 뿌리가 같다는 말은 결국 한 몸이라는 말인데

나다 너다 이렇다 저렇다

따지고 가릴 게 없잖아요?

한 몸이니까

바다를 보면 바다고 산을 보면 산인거지요.

내가 내 코를 보고 '이건 코여.'

내 귀를 보고 '이건 귀여.'

하는 것과 똑같은 얘기예요.

그러니까 산은 산, 물은 물이라고 할 때

그 산과 물과 그걸 보는 내가

모두 한 몸이라는 깨우침을 바탕으로 해야 되지요.

공평하게

하늘은 사람이고 벌레고 누구든지 가리지 않고

다 빛을 비춰 줘요.

비가 오면 다 축여 줘요.

그러니까 풀 하나도 태양이 없으면 안 되고

맑은 공기가 없으면 안 되고

맑은 물이 없으면 안 되고

흙이 없으면 안 되는 거예요.

풀 하나도 우주가 뒷받침해 주시는 거예요.

45

문제를 풀려면

요즘 공해문제니 환경문제니 말들이 많은데

자신이 생활하는 바탕을 고치지 않고 떠드는 것은

제집은 마냥 깨끗하게 쓸고 닦고 하는데

그 쓰레기를 담 너머로 던져 버리는 꼬락서니인 거예요.

그래서는 문제가 풀리기는커녕 오히려 더 꼬일 뿐이지요.

입으로 들어가는 음식만 무공해로 먹으려 들고,

옷만 피부에 염증이 안 생기게끔 무공해로 꼭 입으려 드는데

생각에 공해가 왔을 때에는 세상이 다 먹고 입고 생활하는 게 다 공해가

온다는 사실을 우리는 깨달아야 합니다.

一切心造일체심조

모든 것이 마음에서 이루어진다

눈에 보이지 않는 것

'보이지 않는 것은 보이지 않는 거다.'
'보이는 것은 보이는 거다.' 하고 따로 떼어 놨을 때
그러한 철학과 사상, 생각은
생명과 아주 거리가 먼 거예요.
눈에 보이지 않는 것은 없다고 생각하는
그런 생명공동체가 되어서는 안 돼요.
생명의 공동체는 작다 크다, 높다 낮다 이런 게 없어요.
큰 것은 큰 거고 작은 것은 작은 거라는 식의 생각을
우리는 하루빨리 극복해야 돼요.

날짜   /   /

47

사람의 횡포

이건 아름다운 거

이건 고귀한 거

이건 좋은 거

이건 나쁜 거

이건 누가 정하는 거냐?

사람의 오만, 사람의 횡포가 정하는 거지요.

그런데 우리가 지금 어떤 시기에 당도해 있느냐 하면,

야, 이거 이런 식으로 살면 땅이 다 죽지 않는가

자원이 다 고갈되지 않겠는가

이런 시대에 우리가 살고 있다고요.

땅이 죽으면 자연이 살 수 있어요?

사람은?

택도 없지요.

일체의 삶이 다시 회복이 되자면 땅부터 회복이 되어야 해요.

자연

기계문명이라는 것 자체가

능률과 효과를 최고로 치지 않아요?

기계란 빠르면 빠를수록 좋은 것이고

오로지 그쪽 방향으로만 치닫게 마련이에요.

그렇게 되면

천리天理나 자연의 법도에서 멀어지게 되는 거지요.

자연의 일체만상一切萬象이

서로 불가분의 연대 관계 속에 있는데

거기서 벗어나 자꾸 멀어지게 되니까

그런데도 그걸 좋은 것으로 여기고 자꾸만 벗어나니까

결국은 미쳐서 자멸하게 되는 거예요.

그러나 자연의 법도는 그런 게 아니에요.

빠른 놈도 있지만 느린 놈도 있어서

그것들이 함께 어울려

하나의 '자연'을 이루어가는 거예요.

동고동락

사람들은 본능적으로 감각적으로

편하고 즐거운 것만 동락同樂하려고 들지요.

그런데 고苦가 없이는 낙樂이 없는 거예요.

더불어 함께하는 것이지요.

그러니까 동고동락한다는 것 자체가 생활이지

동락同樂만 한다면 생활이 아니라고 생각합니다.

나 天地간에 태어나 비가오고
바람이 불어도
내 마음의
맑은
香氣는
아낄
수가
없네

장애인복지신문
백호기념축화
조한알
장일순 침

나 천지간에 태어나 비가 오고 바람이 불어도
내 마음의 맑은 향기는 아낄 수가 없네

사람

오늘 아침에 자다 깨서 생각해 봤어요.

천지지간에 뭐가 가장 고약한 것이냐 생각해 보니

사람이 제일 고약한 것 같아요.

고약한 것들끼리 모여가지고 맨날 싸움이야.

생산자와 소비자

우리가 살아가면서

매일같이 엎어지는 것이 무엇 때문이냐 하면

한쪽만 보기 때문에 엎어진단 말이에요.

우리가 모두 소비자인데

농사짓는 사람이 없으면 우리가 먹고 살 수 있어요?

또 소비자가 없으면 농사꾼이 생산할 수 있어요?

바로 그런 관계다 이 말이에요.

이게 없으면 저게 없고

이게 있으면 저게 있고

우주의 모든 질서는

사회적인 조건은 그렇게 돼 있다 이 말이죠.

그러니 누구를 무시하고

누구를 홀대할 수 있냐는 말이에요.

날짜   /   /

53

가난한 풍요

자연농으로 돌아간다는 건
자연과 공생한다는 점에서 매우 중요하다고 봅니다.
이게 현재로서는 매우 미약하고
또 무슨 원시 농경 사회로 돌아가자는 거냐고 할 수도 있는데,
그건 아니에요.
지금까지 인류가 겪어 온 경험에서 배운 것들을 모아서 파멸을 피하면서
함께 모두가 살 수 있는 그런 길을 모색하지 않으면 안 된다는
절박한 현실을 얘기하고 있는 거예요.
인간이 땅과 불화해서 살아갈 수 있나요?

우리가 만일 오늘 누리는 이 '풍요로운 가난'을 청산하고
옛날 선조들이 지녔던 '가난한 풍요'를 되찾는다면
그건 문제가 아니지요.
시방 우리가 얼마나 낭비가 많아요?
세계의 큰 도시들 몇 개가 낭비해 없애는 것만 가지고도
전 지구의 기아 문제를 넉넉히 해결할 수 있다고 하잖아요?

원래 제 모습

옛날에는 떡을 해 놓으면 사흘 가기가 바쁘지 않아요?

여름에 큰일을 치르면 떡이나 모든 음식이

하루만이면 쉬지 않아요?

상해야지요, 상해야 한단 말이야.

오늘날 우리가 먹고 사는 건 벌레도 안 먹는 걸 먹는단 말이야.

제일 잘난 척하지만

사람이 제일 머리가 좋다고 하지만

벌레도 안 먹는 걸 우린 참 잘 먹고 살아요.

그러니까 여기에 문제가 있는 거지.

아마 우리가 죽으면 미이라 꼴이 되지 않을까요?

매일 방부제를 먹으니까.

원 제 모습으로 돌아가는 거

거기에 많은 손이 가지 않는 거

그게 제대로 살아가는 것이에요.

날짜   /   /

55

오류

무농약의 음식을 먹으면 건강하다고 하고 또 장수도 한다고 하고, 다 좋지요.
다 좋은데 저만 오래 살려고 저만 오래 건강하려고 그렇게 되었을 때에는
바로 그 자체가 엄청난 공해를 가져온다고 생각합니다.

한살림 운동을 하는 데 있어서 중요한 것은 개인이든 집단이든
이기심을 버리는 것입니다. 이렇게 하면 우리에게 이롭기 때문에
이렇게 하자 할 때에는 또 하나의 위태로운 세력을 형성하게 될 겁니다.

우리는 그런 것을 지난날에 수없이 겪어 왔어요. 그렇게 되면 우리는
또 하나의 큰 오류의 씨앗을 이 세상에 뿌리고 가게 되는 겁니다.

그래서 한살림 운동을 한다는 것은 '우리는 이렇게 살아야 되지 않겠습니까?'
하는 이야기를 나누는 것이고 각자가 서게 하는 것이고
각자가 넘어지면 일으켜 주는 것이지
그것을 갖자는 이야기가 아니지요.

56

자기 몫

사람이 자기가 타고난 성품대로

물가에 피는 꽃이면 물가에 피는 꽃대로

돌이 놓여 있을 자리면 돌이 놓여 있을 만큼의 자리에서

자기 몫을 다하고 가면

모시는 것을 다하는 것이라고 생각해요.

자기 몫

사람이 자기가 타고난 성품대로
물가에 피는 꽃이면 물가에 피는 꽃대로
돌이 놓여 있는 자리면 돌이 놓여 있는 만큼의 자리에서
자기 몫을 다하고 가면
모시는 것은 다하는 것이라고 생각해요.

김 인록 따라 씀

진실

간디는 자신의 내면에 충실했던 사람이에요.

인도의 독립과 인도 민중의 각성을 촉구하면서

그 주장하는 바를

자신의 내면에서 울려 나오는 진리의 명령에 따라서

대중에게 이야기하는데,

보면 모기 소리보다 조금 더 큰 소리로

자기 주변 사람들한테 말하고 있는 거예요.

그런데 그 더듬거리는 한 마디가

인도 대중에게 엄청난 웅변으로 들렸거든요.

인도뿐만 아니라

전 세계의 진실하게 살고자 하는 이들 가슴에

큰 충격을 주었잖아요.

58

맨몸

사람들은 돌이나 총칼이 최대의 무기인 줄 아는데

그게 아니에요.

간디는 맨몸이었어요.

가진 것이 없었다 이 말이야.

그것이 최대의 무기였지요.

없으니까 탈도 없었고.

운동은 간디처럼

아무것도 가진 것이 없이 하는 것이 좋아요.

맨몸이 가장 좋다 이 말이야.

구호조차 외치지 않는 게 좋아요.

구호 또한 뭔가 가진 것이 아닌가?

누군가에게는 구호 또한 폭력이 될 수 있지.

완전한 비폭력으로 가야 해요.

박피

이 사회를 어떻게 평화롭고 자유롭게 할 것이냐가 중요해요.

그러려면 나름대로의 평소 자기 정진이 필요해요.

자기한테 해 끼치는 사람에 대해서

'아, 저 사람 그렇구나.' 하는 정도여야지,

미움을 가지면 안 돼요.

새로운 삶에 대한 문화의 형성이 확대되어 가면서

부조리한 것은 자연히 소외되어

박피薄皮가 되게끔 만들어야 해요.

일대일로 복싱하듯이 해서는 안 돼요.

'이것은 참 미래가 있는 삶의 모습이구나,

소망이 있는 삶의 모습이구나.' 하고 살아가면서

기존의 것은 박피가 되어 자연히 떨어져 나가게 해야 돼요.

60

가르친다는 것

교육은

가르치는 자와 배우는 자가

나뉘고 고정되어 있는 것이 아니라

선생이 학생이 되기도 하고 학생이 선생이 되기도 하는

서로 배우고 가르치는 관계입니다.

따라서 교육의 본질은

인간다운 삶을 함께 배우고 느끼는

하나의 공간에서 동시에 이루어지는

의식의 상호 공유 작용이라고 볼 수 있어요.

그들 속에서

거저 가르쳐 준다 해도

돈 한 푼 안 받아도

올 수 없는 아이들이 있을 겁니다.

버려져 있는 아이들입니다.

그런 아이들을 찾아가야 합니다.

찾아가 그 애들과 함께 일하며 나누세요.

책이 없어도 서로 아는 것을 주고받을 수 있잖아요?

a b c d가 중요한 게 아니잖아요?

일 속에서

당신들은 당신들이 원하는 것을

모두 가르칠 수 있어요.

분단

우주의 모든 생태가

갈라놓을 수 없고

갈라놓고 지배하는 형태가 아니에요.

남북의 분단도 그렇지 않습니까?

갈라놓고, 지배당하고,

지배하는 쪽에 붙어먹는 패거리들이 있습니다.

적어도 하나의 생명 단위로 태양과 지구가 있고,

그 안에 존재하는 모든 것이

협동적으로 존재할 때만이

생명을 유지하는 겁니다.

그런 안목에서 문제를 풀어 가야 합니다.

열린 운동

성실하게 우리 스스로 살아가고
이웃도 그렇게 살아가게 권하고
이런 과정 속에서
남들이 스스로 살기를 원하면
살게끔 도와주고
그렇게 해서 숨통이 트여 가는
그런 운동이 돼야 합니다.

날짜   /   /

화이부동

논어에 보면 '화이부동和而不同'이라고 있어요.

그게 중요합니다.

'나는 운동가다.' 했을 때는 '동이불화同而不和' 하기가 쉬워요.

유니폼은 같이 입고서 속에서는 매일 싸우잖아요.

동이불화지.

그렇게 되면 생명은 빠지고 껍데기만 남는 거지요.

무슨 운동이든 '생명의 기본 조건에 맞느냐'는 것을

앞에 내세우고 가야 해요.

그랬을 때 규율은 그 과정 속에서 자연적으로 형성되어 갑니다.

그러니까 길게 보고 꾸준히 노력해 가야지,

처음부터 타이트하게 몰아가면 이 생명운동은 해낼 수가 없어요.

모든 생명은 연하잖아요.

그러니까 살아 있잖아요.

그렇기 때문에 그 딱딱한 대지를 뚫고 나오는 거예요.

65

전일성

오늘날

아무리 많은 전문가들을 모아 놓아도

전일성全一性을 상실했을 경우엔

그게 결국 지식의 모자이크밖에는 될 수 없는 것이지요.

그러니까 죽은 것을 갖다가

한데 꿰매는 것과 마찬가지예요.

말하자면 생태를

죽음의 무기태로 만들어 버리는 거지요.

날짜   /   /

4장

문명의 막다른 골목에서

세끼 요기만 하면 된다.

비록 오막살이에 살고 있더라도

우주의 중심에 있다고 생각하라.

세끼 요기만 하면 된다.
비록 오막살이에 살고 있더라도
우주의 중심에 있다고 생각하라.

김 어록 따라 씀

사람마다 제 몫이 다른 것이고,

그래서 직업이 다 다른 것이다.

그러니 자기 몫에 대해서 당당하라.

날짜   /   /

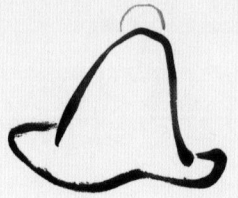

기氣의 성숙을 기다려야 한다.

아침저녁으로

잠을 자고 깨어난 뒤

또 자기 전에

일체에 감사하는 배례拜禮를 바쳐야 한다.

그러면 기가 다 모인다.

이때까지 추구한 게 의미가 없으면

소리 없이 버려야 한다.

10년을 쌓았건 20년을 쌓았건

그게 모래성이라는 걸 알았으면

허물 줄도 알아야 한다.

집착^{執着}이 병통^{病痛}이다.

이름 없이 일을 해야 한다.

돼지가 살이 찌면 빨리 죽고

사람이 이름이 나면 쉽게 망가진다.

일상의 삶이 곧 도^道다.
지극한 정성으로 바치는 마음이 되어
밥 먹고 똥 싸야 한다.

자연의 질서와 인간의 질서가

화해하는 것을 이끌어 내야 한다.

깊은 산중에서 길을 잃은 사람은 등잔불빛만 찾는다.

이제 문명의 막다른 골목에 와서

우리가 등잔불이 되어

불씨를 얻으러 오는 사람에게 불을 붙여 주어야 한다.

순정을 바치는 것이 최고의 예의다.

예의란 자기 몫을 내주는 것.

아이가 되어야 한다.

아이는 자기가 좋으면

제 것 갖다 주면서 서로 만난다.

'하늘에 재물을 쌓아라.'

함께 나누라는 뜻이다.

성직자의 생활은 중^中 이하라야 한다.

중 이상이면

가난한 이에게 갈 때 부끄러워진다.

불상에게 천배^{千拜} 올리라는 게

소원성취해 줄 거라고 믿고 그러라는 게 아니다.

자기를 비우라고 천배 올리라는 것이다.

옛날에는

사람이 공부한다는 것이

자기의 진실한 삶을 위해

수행하는 자세로 하는 것이었다면,

오늘날에는

남에게 고용되기 위해서 하는 공부가 되어 버렸다.

자연스러워져야 한다.

자연스러운 것만큼 무서운 게 없다.

자연스럽고 이지러지지 않는 삶이

우리의 목표다.

진실을 위해 싸운다면

그 방법도 진실을 드러내는 것이어야 한다.

콧대 세우는 놈이 강한 게 아니다.

콧대가 부러지는 놈이 강하다.

그래야 다 받아들일 수 있다.

상대방에 대한 언어폭력은 지양해야 한다.

폭로나 비판 가지고는 변화되지 않는다.

나 자신이 변하는 것이 가장 좋은 방법이다.

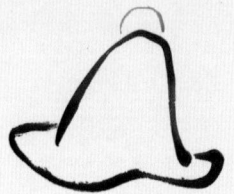

83

예수는 세상에서 깨진 사람을 위해 살았던 사람이다.

예수 그만 팔자, 예수 팔기도 지겹지 않은가?

어떤 교회는 하느님을 자기 주머니에서 꺼내 줄 것처럼 군다.

하느님은 나의 내부에 있다.

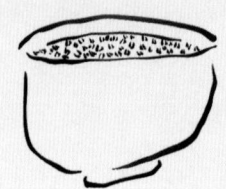

석가나 예수의 삶이란 게

작은 지역에서 꼬물거리다가 죽은 것에 불과하다.

하지만 그 삶의 울림이

오늘날에까지 내려와 있는 것이다.

맨손만 가지고 나누어야 한다.

불알만 가지고 해결해야 한다.

지금의 종교는 가진 것을 가지고 나누려다 보니

닭장을 짓고 모이라고 소리친다.

날짜   /   /

예수를 패턴화하지 마라.

예수의 이름이 중요한 게 아니다.

예수의 이름이 개똥이었다면

모두들 개똥이라고 불렀을 것 아닌가?

예수가 되고 예수처럼 살아라.

민중을 사랑하려고 애쓰다 도저히 안 되면,

산에 가서 기도하는 분이 예수다.

자기와의 싸움에서 철저하게 결판을 내는 거지.

그것은 '절대'에 귀의하기 위한 처절한 싸움이다.

직업이 불분명할수록 좋다.

어느 시기에는 화전이나 파먹으며 푹 썩는 게 좋다.

뜻이 받아들여져야 세상을 바꿀 수 있는 거다.

인텔리가 흔히 갖는 습관이 자격증을 가지려는 것.

체제든 반체제든 묶이면 자유를 잃는다.

집착에 빠지는 것은 잠자고 있는 것이다.

늘 깨어 있어야 한다.

싸움의 상대가 나에게 굴복하기를 바라지 말고

상대가 나에게 찬사를 보내도록 마음을 써야 한다.

상대가 '나'라는 것을 알아야 한다.

그래야 악순환이 끊어진다.

상대를 죽이고 가려 하면

악순환만 초래할 뿐이다.

무조건 제거하려 해서는 안 된다.

소유하려 하면 경쟁이 생기고

그것은 폭력이 될 수밖에 없다.

주체와 객체가 있다는 것은

에고가 있다는 것을 의미한다.

바늘구멍으로 황소가 지나가는 것을 보라 함은

에고를 죽이라는 것이다.

데모를 해서 누군가를 쫓아냈다면,
쫓아낸 그 대상이 곧 내가 되어야 한다.

말기 때가 오면 경직화 현상이 오고

경직화되면 강한 것에 의해서는 살리지 못한다.

부드러운 것만이 살린다.

화두는 얻는 게 아니다.

이미 내 안에 다 있는 것인데

그걸 모르고 헤매는 거다.

천상천하 유아독존^{天上天下 唯我獨尊}이라는 말은

엄청난 말이다.

텅 비어 있는 나!

큰 자기!

시공을 초월한 자기를 말하는 거다.

독생자 예수라고 하지만 독생자 아닌 사람이 없다.

독생자란

시공을 초월한 자기를 말하는 것이다.

기를 쓰고 밀고 간 자에게 오는 경지다.

그런 경지는 아무나 도달할 수 없는 자리다.

각자유심^{各自有心}이라

모두가 날 알아달라고 외치며

자기 자식도 부모의 말을 안 듣는 세상이다.

아상^{我相}에 사로잡히지 말아야 한다.

내가 없으면 대상이 없고

그래서 하나가 된다.

독기로 초월해지는 게 아니라

밝은 마음으로 초월하는 것이다.

엮은이 김익록金翼祿

1966년 원주에서 태어났다. 서울에서 보낸 대학 시절과 짧은 직장생활 기간을 제외하곤 줄곧 원주에서 살았다. 철모르는 중학생 시절 처음 장일순 선생님을 뵌 인연으로 2001년부터 〈무위당을 기리는 모임〉에서 심부름을 해 왔다. 지금은 삼척의 작은 학교에서 아이들과 함께 생활하고 있다.

필사노트
무위당 장일순의 말씀과 그림
나는 미처 몰랐네
그대가 나였다는 것을
ⓒ ㈜무위당사람들·김익록, 2025

초판 1쇄 2025년 6월 10일

엮은이 김익록

펴낸이 서연남
펴낸곳 ㈜도서출판 이음

편집주간 원상호
편집 권경륜
디자인 김다슬 정아진

출판등록 제419-2017-00013호
주소 26404 강원특별자치도 원주시 흥업면 한라대길 28, 한라대학교 창업보육센터 203호
전화 033-761-3223 　**팩스** 033-766-8750
전자우편 iumbook@naver.com
인스타그램 @iumbook

ISBN 979-11-988637-4-4